당신은 내가 살아갈 이유

당신은 내가 살아갈 이유

글과 사진 김지연

마음세상

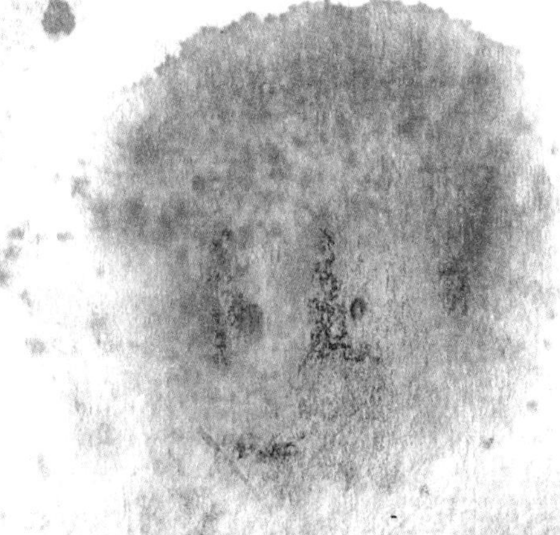

지금 외로운 이유

외롭다고 느끼는 건

정말 사랑하는 사람이

없기 때문이 아니다.

적당히 싫으면서

적당히 좋은 사람

이따금 만나서

식사를 하면서

잡다한 이야기를 나눌 사람

조금 가까웠다가

멀어지기도 하면서 지내는 사람

돌아서면 불편하지만

앞에서는 친한 척 미소 짓는 사람

남는 것 없이 그때만
즐거운 이야기를 나누는 사람

지금은 자주 보지만
서로 멀어지고 나면
다시 시간 내서 안 만날 사람

그런 사람이 없어서
외로운 것이다.

별 사람 아닌 것 같아도
이런 사람이 없으면
정말 외롭다.

그리고 별다른
상처도 남기지 않는다.

괜찮아

많이 힘들고 괴로워도
누군가 곁에서 걱정해주고
부산을 떨어주면
그때는 "괜찮다"는 말도
할 수 있는 것이다.

아무도 위로해주지 않는데
혼자 아파하면서
"괜찮다"고 말하기는 어렵다.

가장 가까운 사람이
나의 실수나 실패에
등 돌리기 쉬워도

적당히 가까운 사람은

내가 힘들 때

"괜찮아."

"좋아질 거야."

"너무 걱정 마."

이렇게 말하기 쉽다.

타인이 건네는

위로 한마디에

그리고

내 자신이 말한

"괜찮아."

한 마디에

정말 괜찮아진다.

기억

누군가를 만나
밥을 같이 먹고 차를 마신 적이 있으면

먼 훗날 시간이 지나
한번쯤은 그를 생각하게 된다.

그저 의미 없이
스쳐간 인연이었을 지라도

그 사람은 잘 지내고 있나
어떻게 살고 있나
떠올리게 된다.

자주 만나서 맛있는 것도 먹고
놀러도 다녔다면

그 사람과 멀어진 뒤에도
다 울고 잊었다 싶어도

그 사람은
내가 생각하지 않아도
언제나 내 마음 한 켠에
자리를 차지하고 있다.

그는 잘 살고 있을까.

내가 원치 않아도
내 일부분이 되어서.

누군가를 좋아하는 마음

참 이상하지.
너를 만나기 전에도
난 충분히 잘 살아왔는데
네가 나타나고 나서
심장이 두근거려.
살아 있는 것 같아.

너와 잘 지낼수록
나는 행복감을 느껴.
그저 속도감 없이 흘러가는
시간 속에서 살아왔는데
갑자기
기다려지는 시간과
아쉬워지는 시간이 생겼어.

너와 말 안하고 토라져 있으면

정작 내 마음만 무거울 뿐.

행복을 완성하는 건

누군가를 좋아하는 마음이다.

당신이 있어

나는 내 자신을

소중히 여기게 돼요.

당신이 있어

내가 살아가는 이유가 돼요.

사람 잡는 꿈

꿈인 척 가슴 설레게 하면서
실상은 사람 잡는 꿈이 있다.

그런 꿈들은
돈이 많이 들고
끊임없이 남에게 이용당해야 하고
부당해도 참아야 한다.

이루어고 나서도
과거에 내가 그러했든
남을 이용하고
스스로 도취되어
최고인 줄 평생 만족하며 살게 된다.

사람 잡는 꿈은 대부분
나의 꿈이 아닌 남의 꿈이다.

남들이 선망하는 것 같아도
알고 보면 부러워하는
사람도 별로 없다.

그저 남들 보다 낫다고
착각했을 뿐.

잘 가요

사랑하는 사람에게는
늘 좋은 일만 가득하기를 바라지만
그 사람과 멀어졌을 때는
그 사람이 잘 산다면
그것은 불편한 것이 된다.

사람은 살다가 힘들고 어려워야만
지난 날을 돌아보게 되어 있다.
그가 불행해야만
한번쯤 나를 생각할 테니까.
자신이 무엇이 틀린 줄
알게 되니까.

그저 승승장구
잘 살아간다면 아무것도

생각하지 못하게 되니까.

내가 그에게서
잊혀지길 바란다면
비로소 나는 그의 행복을
빌어줄 수 있다.

전부 혹은 일부

누군가를 좋아한다는 것은
그 사람의 전부를 보고
좋아하는 것이 아니다.

어떤 일부나
혹은 아주 작은 부분을 보고
좋아하게 되는 것이다.

누군가를 싫어한다는 것도
마찬가지다.
그 사람의 전부를 보고
싫어하는 것이 아니다.

그 사람의 어느 일부분을 보고
싫어하는 것이다.

늘 자기가 봤던
면으로만 보기 때문에
한결같이
계속 좋아할 수 있고
계속 싫어할 수 있는 것이다.
나의 느낌대로 그가
반응해준다면
나의 생각은 점점 단단해진다.

만일 누군가의 전부를 보게 된다면

함부로 좋아하거나
함부로 싫어할 수 없다.

친한 사람의 뒷모습을 보는 것도
별로 안 친한 사람이 내미는
손도 낯설지 않은 풍경이다.

그 사람에게는 존재하지만
내가 영원히 볼 수 없는 없는 면이

있기 때문에

인생에는 답이 없고

나의 확신은 틀린 것이 된다.

후회

사랑했던 사람이 붙잡을 때
뿌리치지 말고
못 이긴 척 넘어갔다면

화가 났을 때
화를 내지 않고 참고 넘어갔다면

아마도 인생은 달라진다.

내가 원하는 것을 잊고
단지 상대방에게
상처주기 위한
선택은 해서는 안 된다.

순간 내 뜻대로 하고

나중에 돌아봤을 때
이루어지는 것은 없다.

현재 아쉬운 것은
예전에 냉정했기 때문이다.

사랑했던 사람이 원하는 것이
대부분 가장 내가 원하는 것이다.

후회라는 상처가
가장 아프다.

완주하는 힘

잘하지 못하고 서툴러도
무언가를 끝까지 하는 것은 중요하다.
초반에 의욕에 치우쳐서
일부만 열정적으로 하는 것은
의미가 없다.

부족하고 그냥 지나친 것이 있어도
무엇이든 완주를 하는 것이 중요하다.
완주를 한 사람에게는
결과라는 것이 주어진다.

저력이란 지치지 않고
포기하지 않고
그만두고 싶은 충동을 이기고
문제가 생기면 해결하는 힘에서 비롯된다.

가장 좋은 일

세상에는 수많은 직업이 있고
많은 이들이 선호하는 일이 있다.

나는 뭔가 싫고
남이 부러울 때도 있다.

하지만 반짝이고 그럴싸하고
동경하는 일일수록

사실 별 것 없다.

지금 살만하고 행복하다면
내가 지금 하고 있는 있는 일이
최고다.

혼자 울어야 하는 시간이

없는 것만으로도

큰 축복이다.

삶의 질을 완성하는 것은

페이나 사회적 인지도가 아닌

내가 내 일에 갖는 애정이다.

어떤 일을 해도

내가 내 일을 사랑하면

누가 뭐라할 수 없다.

그것이 어떤 일이든

남이 어떻게 생각하든

내 일이 가장 좋은 일이다.

슬픔이 다가오는 순간

정말 나를 아껴주고
사랑해주는 사람에게
꼬투리를 잡아 멀리하고는
그 사람이 많이 슬퍼하는데도
외면한 적이 있다.

냉정함이란
한번 마음이 그렇게 길들여지면
끝을 모르게 깊어진다.

서로 멀어지면서 생기는 슬픔은
모두 그 사람의 몫이 되기에
한번쯤 뒤돌아 볼
생각도 하지 않았다.

그리고 한참 시간이 흐른 후

내가 틀렸다는 것을 알게 되어
비로소 미안한 마음이 들었을 때

그는 괜찮다며 웃어주었다.

하지만 나는 그렇지 않았다.

이 세상에
나를 그렇게 좋아해줄 사람이
흔하지 않다는 것을
알게 되었으므로.

화가 날 때는

화가 날 때는
머릿속에 번쩍 생각나는 것은
모두 무시하고
아무것도 하지 말아야 한다.

그냥 생각나는 대로
상대방의 기분을 나쁘게 해주면
순간 이긴 것 같고
속이 후련할 것 같지만
상대방도 날을 세워서
자꾸 화를 낼 문제만 생기고
지나고 나면 대부분 후회가 된다.

그리고 누군가를 사랑할 때는
마음이 따뜻해질 때는

머릿속에 생각나는 대로
전부 해도 좋다.

화는 참아야 하고
사랑은 참지 않아도 좋다.
화는 어떤 방식으로도
상대방에게 상처를 주지만
사랑은 상대방이
싫어하는 것은 할 수 없기
때문이다.

들리는 말
마음을 움직이는 말

누군가를 좋아한다는 것은
그 사람의 말을 귀기울여
들어준다는 것을 의미한다.
그리고 그 사람이 말하는 대로
선택하거나 행하기도 한다.

수많은 말을 들으며
살아가게 된다.

어떤 말이 나에게 맞는지
지금 필요한 말인지를
따지기 보다

결국은 좋아하는 사람의 말을
듣게 되어 있다.

아무리 꼭 필요한 말을
열심히 말해도
귓등으로도 안 듣는 사람이 있다.
오히려 한마디씩
딴지를 걸기도 한다.

귀는 애정이 있어야
제대로 열린다.

많은 이들이 진정으로
사랑해야 할 이를 놓친다.

그래서 필요없는 말에
흔들리며 살아가게 된다.

냉정한 선택

냉정한 선택을 할 때
대부분 상대방에게
고통을 준다고 생각하기에
미련이 없다.
하지만 그것은 대부분
자기 자신에게 고통을 주는 것이 된다.

타인에게 고통을 주고자 하면
대부분 그것은 나에게로 돌아오고

타인을 지켜주고자 하면
나 자신을 지키는 것이 된다.

아니다 싶어 뒤돌아보면
그곳에는 나의 그림자가 있을 뿐.

아무것도 아닌 것

아무것도 아닌 것으로

화를 내는 이가 있다.

문제가 생기면

그것을 해결하려고 하기 보다

사람과의 연을 끊어버리는 것으로

끝을 보기도 한다.

아무것도 아닌 것 때문에

스스로 고통에 빠져서는 안 된다.

싫으면 싫다고 느끼는 대로

생각하면 된다.

설령 싫다고 해도

고칠 수 없는 것이 대부분이다.

싫은 것보다

스스로 원하는 것을

먼저 생각해보라.

그대가 원하는 것도

결코 그대에게

관대하지 않을 것이다.

사랑에 빠져 있는 동안 알 수 없는 것들

진짜 사랑이란

그 사람이 기분이 좋고

나를 사랑할 때

우리 서로 신뢰가 돈독할 때

나오는 것이 아니라

우리가 싸웠을 때

그리고 서로 멀어졌을 때

나타나는 것이다.

나와 상관없는 사람과

한때 사랑했던 사람은

이토록 다르다.

진짜 사랑이란

누군가를 변함없이

사랑하고

그 사람을 위해서

헌신하고

노력하는 것은

분명 옳다.

하지만 그 사람이

마음이 식고

더이상 나를 좋아하지 않는데도

그것을 못 본 척하고

오직 내 감정에만 치우쳐서

누군가를 진심으로

사랑한다는 것은

옳지 않다.

마음이 떠난 사람에게는

떠나주는 것이

진짜 사랑이다.

진짜 사랑이란

나 자신이 상처받지 않는 것이다.

마음을 읽는다는 것

사람을 대할 때

자기 이야기만 하기 바쁘고

상대방이 하는 말에 귀기울이지 않고

표정도 유심히 보지 않고

행동도 관심있게 관찰하지 않으면

사람 사이가 어려워진다.

그 사람이 하는 말

그리고 내게 건네는 표정

그리고 말로 해주지 않는 행동으로

내 생각이나

내 행동,

나의 길을 바꿀 필요는 없다.

다만 그것은

내가 그 사람을 대할 때

필요한 것이다.

누군가의 마음을 읽었다면

그것을 창으로 세상을 보려 하지 말고

오직 그 사람만을 보라.

2 2
2 8
3 2
4 5
업

마음의 행방

어떤 사람에게
특별한 사람이고 싶고
변하지 않는 의미이고 싶고
그를 아무도 넘볼 수 없는
내 것으로 삼아서
그 사람의 무엇이 되기 위해서만
노력한다면
정작 마음을 빠트릴 수 있다.

누군가를 내 곁에 묶으려고 하면
그는 좀처럼 잡히지 않고
내가 그에게 묶이게 된다.
그에게 뭔가 확실한 사랑을
보여달라고 요구하게 된다.

상대방이 스스로 보여준
신뢰는 잘 받아들여지지만
억지로 받아낸 신뢰는
많아질수록 공허해진다.

자기 사랑을 아껴두는 이가
상대방에게 부담을 준다.

마음이 거기 있으면
변하는 것은 없다.

마음을 가지면
모든 것을 갖게 된다.

두가지 길

인생의 위기가 닥쳤을 때
어떤 이는 다른 사람을
끌어들이지 않고
혼자 감당하며
다른 사람을 지켜주려고 한다.

또 어떤 이는
혼자만 감당하려고 하지 않고
다른 사람을 끌어들이려고 하고
내가 아팠던 만큼 너도 아파보라고
강요하기도 한다.

스스로에게 주어진
고통을 극복할 수 있는 사람은
다른 사람은 나와 같은 위기를
겪지 않기를 당부하고

스스로에게 주어진
고통에서 어떤 방법으로도
벗어날 수 없는 사람은
혼자만 괴로운 것을 억울해하고
나에게 상처준 사람과
똑같이 행동하며
곁에 있는 소중한 사람을
지키지 못하게 된다.

어떤 이는 비슷한 사람에게
위로할 수 있고
어떤 이는 끝없는 원망을
늘어놓을 수 있다.

어떤 고통을 겪었는지는
중요하지 않다.

나에게 상처준 사람과
가장 멀어지는 것과

가장 닮는 것은

그것을 어떻게 극복하느냐에 따라

달려 있다.

사랑한다는 말

누군가에게 사랑을 주면
언젠가 내가 힘들어졌을 때
그 사랑을 돌려받고 싶을 때가 있다.

내가 이만큼 잘해줬으니
너도 언젠가 나에게 꼭 잘해달라고
그렇게 생각할 수 있다.

하지만 사랑을 직설적으로
요구하는 것은 옳지 않다.

준 만큼 받을 수 있는 것은 분노이지
사랑이 아니다.

누군가에게 사랑받고 싶다면
그 사람 스스로

나를 사랑하게 해야 한다.

내가 받고 싶은 것을

직접적으로 말하거나

요구하지 말고

그 사람 스스로 생각해서

말하고 행동해야 한다.

어쩌면 그것은 원하는 것을

요구하는 것보다 더 쉽다.

그저 아무 생각없이

사랑하면 되니까.

사랑한다는 말은

전혀 기대하지 못했을 때

어쩌면 가장 뜻밖에

준비하지 못한 순간에 들을 수 있다.

흘려듣는 말

누군가 허언을 하거나
거짓말을 한다면

깊은 관심을 가지게 되거나
마음이 흔들리는 일이 있다.
나중에 거짓말인 것을 깨달으면
분노하기도 한다.

진짜 생각해서 해주는 조언은
귓등에 닿지 않는데도 말이다.

누가 거짓말이나
허언을 한다고 해도
그냥 못 들은 척 지나가면 되는데

그것이 특별하고

신경 쓰이는 이유는

그 말이 듣고 싶은 말이거나

나 역시 간절히 원하는 것이거나

나에게 중요한 말이기

때문일 것이다.

누군가 허언을 하거나

거짓말을 한다면

그것은 그저 그 사람이

관심을 받고 싶었던 것뿐이다.

모든 것과
아무것도 아닌 것의 사이

내게 가장 가깝고

소중한 사람이 생겼을 때

그 역시도 나와 같은 마음으로

여겨줄 수도 있고

혹은 그는 내가 자신이 없으면

안 되는 사람이라고 생각할 수도 있다.

그가 나에게 등돌렸을 때

다른 사람들 조차

내가 모든 것을 잃었다고

생각할 수도 있다.

사랑받을 때 누군가에게

자신이 그 사람의 모든 것이 되었다고

생각하는 것은 큰 착각이다.

등돌리는 순간

그대는 그 사람에게 아무것도 아니다.

누군가의 전부가 되는 이는

그가 꼭 지켜주고 싶은 사람이다.

지금 우울한 이유

내가 괴로워지는 것은
그가 나를 섭섭하게 하고
나를 챙겨주지 않고
나를 무시하고
나를 배려해주지 않기 때문이 아니다.

모든 것은 그 때문인 것 같지만
실은 내가 진짜 괴로워지는 것은
내가 그를 미워하기 시작했기 때문이다.

미워하지 않는다면
아무리 나를 기분 나쁘게 해도
나는 그다지 괴롭지 않다.
오히려 눈치 없이
그를 좋아하고 있을 수도 있다,

진짜 시작

이야기를 나눌 때는
상대방이 더 이상 나와 이야기를
나누기 싫다는 생각이 들도록
해서는 안 된다.

한때 가까웠으나 전화를 안 받고
만나주지 않는 일은 더러 있다.

좋은 이야기를 할 때도
상대방은 귀를 닫아버릴 수 있고

불편한 이야기인데도
상대방은 끝까지
귀기울여주기도 한다.

그래서 스스로 속기도 하고
실수하기도 한다.

이제 그만 이야기를
나누어도 된다는 생각이 들 때는
자신의 궁금증이 채워졌을 때다.

내가 상대방의 속을
다 알았다고 생각했을 때
사실 그는 아무것도 알려주지 않고
자신의 모든 것을
보여준 척 했던 것 뿐이다.

진짜 이야기는
나의 궁금증이 모두 채워진
그 다음부터가 시작이다.

이야기

사람들을 만나면

그들은 예의상 웃기도 하고

속으로는 다른 생각을 하기도 하고

자기 마음을 감추기도 하고

쓸데없는 말을 하기도 하고

일부러 말을 아끼기도 하고

마음과는 다른 말을 하기도 하고.

돌아서서는 험담을 하기도 한다.

그 수많은 말들은

곧이곧대로 들리지 않고

듣는 이에 의해 편집되고

왜곡된다.

때로 사람 만나는 게

회의적이고

피곤해지기도 한다.

그럼에도

이야기를 계속 나누면

그 사람이 어떤 사람인지

점점 알아진다.

그 사람이 진실로 원하는 것과

진심을 알게 된다.

그 시간이 길고 깊어질수록

그는 내 삶의 일부분이 된다.

도움

혼자서 도저히 못하겠고
타인에게 도움을 청할 때는
시간과 비용이 들기 마련이다.

그래서 타인에게
꼭 내가 필요한 것만 골라서
그것만 요구하기도 한다.

하지만
내가 원하는 것은 내가 이루는 것이지
타인이 이루어줄 수 없다.

그는 도움을 주더라도
스스로의 질서속에서
자신만의 방법으로 도움을 줄 것이다.

그중에는 그다지 필요없는 것,

나와 맞지 않은 것도 있을 것이다.

그리고 내가 원하는 것은

아주 조금만 채워질 수도 있다.

누군가의 도움으로

내가 한 걸음 앞서나갈 수 있다면

그것은 내가 부족하다고

여겼던 것이 채워졌기 때문이 아니라

필요없다고 생각했던 것들이

나에게 도움이 된 것이다.

인생에서 가장 오만했던 순간

오만함이란

지금 내 곁에 있는 사람을

얼마든지 갈아치울 수 있고

더 좋은 사람을

옆에 둘 수 있다고 생각하는 것이다.

명백히 이기는 게임에서

조금도 져야 하는 사람의 입장을

생각하지 못하고

처절하게 이기고 또 이기려고 든다.

하지만 져주는 사람이 없으면

이길 수도 없다.

지금 내 옆에 있는 사람의 손을 놓으면

이제 더는 내 옆에

누군가가 없고
혼자가 된다는 생각을 가진다면

모든 것이 달라보인다.

이 세상에 기회가 주어질 때는
무한정 주어질 것 같지만
현실은 그렇지 않다.

"더 잘 될 거야."
이 위로는 슬퍼하는 사람에게만
힘이 되는 말이다.
상처 주고 이기적인 사람에게는
독이 되는 말이다.

어려운 사람

나를 못마땅하게 여기며
만만하게 대하고
힘들게 하는 사람이 있다면
그 사람과 잘 지내고 싶어서
미소를 쥐어짜고
소소한 선물을 주고
마음에도 없는 말을 한다고 해서
그 사람에게 어떤 변화는 일어나지 않는다.

받는 사람이 체감하지 못하는
고마움을 자꾸 베풀면
사람은 끝없이 지치게 된다.

만일 그런 사람이 있다면
불편하면 불편한 대로

내가 할 말을 분명히 하는 것이 좋다.
억지로 참을 것도 없고
그 사람의 기분이나 생각에 대해서
오래 생각할 것도 없다.

그럼 그는 나를 어려워할 것이다.

그가 나를 싫어한다면
그 사람에게 내가 좋은 사람일 필요도 없고
굳이 잘 지내려고 하지 않아도 된다.

열정적으로 사랑하는 것보다
어려운 것은
포기하지 않는 냉정이다.

나를 못마땅하게 여기는 이에게 관대하면
정작 나를 생각해주는 이에게 홀대하기 쉽다.

갑자기 네가 온다고 해서
나는 청소를 하고 세수를 했다

나를 꾸미는 것은 나를 감추는 것과 같다.

서로에 대해서 많이 아는 것보다

모르는 것이 더 많고 만났을 때 서로 조심하면서

단점을 숨기고 부끄러운 것은 감추고

좋은 이미지를 심어주려고

노력할 때가 가장 좋다.

누군가의 앞에서 나 자신을

좋은 사람, 따뜻한 사람으로 느끼게끔 할 때

가장 큰 행복감을 느낀다.

자기 자신을 많이 드러낸다고 해서

상대방의 속을 많이 안다고 해서

서로에게 어떤 의미가 될 수 있는 것은 아니니까.

내가 있는 그대로의 모습이라면

아마도 누군가를 그리워하는

혼자가 되었다는 것이다.

혼자

안 맞는 사람과
티격태격하다가
마침내
혼자가 되었을 때
너무 편하고 좋았다.

그 편안함은
그대로 내 생의
긴 터널이 되었다.

혼자인 시절이 길어질수록
내 자신이 적이 되었다.

사랑하는 사람과 틀어지면
맨처음 나 자신이 미워지는데

다시 나를

사랑할 수 있을 때까지

혼자가 되었다가

그래도 어느 순간부터는

누군가와 함께 해야 한다.

혼자란

상처받은 나를

위로하는 시간이다.

삶은 위로로만 채울 수 없다.

사랑과 행복이 있어야 한다.

다시 생각하기

중요한 선택의 순간이 왔을 때는

미숙하고

그래서 후회하지 않기 위해서

최대한 고민해서

결정해도 결론은 서투르다.

그리고 그것이 한참 지나고 나서

다시 생각해봤을 때

그때는 괜찮은 답이 나온다.

왜 다시 생각했을 때가 되어서야

최선의 생각이 날까.

인과관계

잘못을 저질러서는 안 된다.

눈 피해서

모면할 수는 있겠지만

그래서 조금도

미안하지 않을 수도 있겠지만

살아가면서

사소한 실수나 불행이 생기면

그것이 왜 그런지

논리적으로 생각하지 못하고

과거의 그 잘못 때문에

생긴 거라고 생각하기 쉽다.

그래서 실수는 더 커지고

많아진다.

헤어질 때는

헤어질 때는

좀 힘들어도

내가 울고 불고 붙잡다가

끝내는 게 좋다.

그때는 좀 비참해도

뒤끝도 없고

잊으면 그만이다.

상대방이 울고 불고 매달리면

그게 더 귀찮은 거다.

그래야

상대방한테 안 끌려다니고

내 의지대로 끝낼 수 있다.

미안했어요

정말 싫어서가 아니라

그냥 화가 나서

헤어지자고 해서

미안했어요.

당신이 나를 붙잡지 않을 만큼

그대에게 사랑을 주지 않아서

미안했어요.

멀리 떠나와서도

내가 당신을 생각하는 건

아마도

당신을 믿기 때문이겠죠.

상처받지 않으려고

당신에게 상처를 줘서

미안했어요.

당신을 처음부터 알아봤지만

떠나가는 연습을 해서

미안했어요.

기다리는 것

하루 종일 오지 않는 연락을
기다리다가 지쳐서
전화기에 관해서는
쿨하고 무심하게 살게 되었다.

꼭 어딜 가더라도
전화기를 가져가야 한다는
생각은 하지 않게 되었다.
그러다 보니
오는 전화를 못 받는 경우도 있었다.

하루 종일 뭔가를
기다리는 것보다는
차라리 가끔 오던
전화를 안 받는 편이 낫다는

생각이 들었다.
필요하면 내가 걸면 되니까.

단지 기다리는 게 싫어서
빨리 잊어버리려고
노력하기도 했었다.

기다리지 않는 방법은
믿음을 갖는 것으로도 부족하다.

사람을 마음을
정확하게 읽으면 된다.

시간이 흘러
내가 부족했던 부분을
알게 되었지만
후회하지는 않는다.

그 또한 내게 소중한 것이었으니까.

무시

너를 무시하는 사람에게
고개를 숙이고
속상해서는
돌아서 뒷말을 하는 것은
어쩌면 흔한 일이다.
그러지 않으면
속이 터지니까.

진짜 비참한 것은
너를 무시하는 사람에게
대놓고 대응하지 못하기
때문이 아니다.

네 마음이 먼저
그에게 고개를 숙였기 때문이다.

네가 못나서

무시당하는 것이 아니다.

마음 속 깊이

무시당할 것을 허락했기 때문이다.

그 마음의 중심에는

너의 욕심이 있을 것이다.

비참함이란

뜻을 이루고 나면

차가운 교만함이 된다.

터널

터널 속에 들어가 놓고
어둡고 좁고 힘들다고
말하지 말라.

그 속에서 나오면
하늘도 있고
꽃밭도 있고
그대가 걷고 싶은 길이 있다.

고난 끝에
꿈을 이룬다고
생각하지 말라.

매일 행복하게
이루는 것이
꿈이 된다.

깊은 물

망망대해 홀로

헤엄치는 기분이 들어

기운이 더 빠지기 전에

내가 놓아야할 것들,

나를 지킬 것들을 생각하니

어느 순간

마음 속 바다에

구멍이 생겨

나를 지치게 하던 깊은 물이

모두 빠져 나가고

나는 조금도 흔들리지 않고

온전히 내 길을 갈 수 있게 되었다.

스스로 바다에 뛰어들어놓고

춥고 힘들다고

생각해서는 안 된다.

마음이 상한 일이 생기면

눈을 감고

하나, 둘, 셋, 잊자! 하면

정말 잊어버릴 수 있게 되었다.

살면서 누군가를 만나

다시금 알게 되는 것은

대부분 내가

이전에 알고 있었던 것들이다.

미안했어요

누군가에게
먼저 미안하다고 말하는 것은
진짜 잘못해서가 아니라
잘해보고 싶기 때문이다.

잘해보고 싶은 마음이 없으면
잘못을 하고도
따로 시간 내서
미안하니 어쩌니 말할 것이 없다.

누군가가 용서를 구하면
그것이 진짜 마음이 풀어져서
받아주는 게 아니다.

다시 잘해보고 싶다면

대충대충 하는 사과에도
쉽게 용서가 된다.

사소한 잘못에도
용서할 수 없다는 것은
절대로 너를 볼 일이
없다는 것이다.

어떤 문제가 중요한 것이 아니다.
지금 먹은 마음이 모든 것이다.

누군가를 만날 때

자기 일에 관해서는

그냥 혼자 다 해낼 수 있어야 한다.

남을 붙들고

나 힘들다, 힘들다

이야기 하는 건

좋지 않다.

내 일은 내가 다 컨트롤 할 수 있어야

비로소

사람이 보이고

그 마음 속으로도 들어갈 수 있다.

내 짐을 들어줄 사람

나를 조금이라도

도와줄 사람을 찾으면

나는 그 누구도 사랑할 수 없다.

조금도 편해질 수 없다.

알고 싶은 것들

상대방에게
물어보고 싶은 게 있어도

만약 그것이
그 사람에게 상처가 되거나
그 사람이 말하고
싶지 않는 것인데도

물어본다면
그것은 그를
소중히 여기지 않기 때문이다.

도움을 줄 수 없으면서도
알고 싶어하는 것은 더욱 그렇다.

나에게 중요한 사람이라면

그가 스스로 말할 때까지

기다려줄 것이다.

호기심은 상대방을

아프게 해서라도 채우고 싶지만

알고 나서

나 또한 그와 같은 심정이라면

우선 궁금증을 채우는 것이

중요하지 않기 때문이다.

버려진 시간

무언가 열정을 다해 노력했는데
아무것도 얻지 못할 때가 있다.

열정적으로 좋아하거나
사랑했다면
그것은 시간을 허비한 것은 아니다.
이미 그 시간을 즐긴 셈이다.

하지만
그 사람이 원치 않는 대도
혼자 그리워하거나
자기만의 고집에 빠져 있다면
그것은 허비가 맞다.

어쨌거나 시간을 허비하지 않으면
외롭거나 쓸쓸했을 것이다.

전부가 되는 사람

비록 그 사람이

가진 것이 별로 없고

내세울 만한 것이

그다지 없어도

마주했을 때

나에게 밥 먹었는지 물어보고

내가 떠안은

고민을 알면서도

모르는 척 속으로

염려해주고

아프면 걱정해주고

카페 모카 두 잔 중에서

더 예쁘게 나온 걸

나에게 권하고

문을 나서면

먼저 나가기 보다

문고리를 잡고

문을 먼저 열어준다면

서로 소원해졌을 때도

먼저 연락해준다면

어떻게 내가

그를 사소한 사람으로 생각할 수 있겠는가.

하루를 정리하는 법

하루를 마치고 혼자
생각에 잠기면
오늘 하루 동안
만난 사람들이
나에게 걸어온 말이
뒤죽박죽 생각이 난다.
그때는 그저 웃으며
아무렇지도 않게 들었던 말이
집에 와서 가만히 생각해보면
그 사람의 의도가 뭔지
부아가 치밀고
열이 받는다.
함께 있으면 그냥 넘어갈 일도
혼자서 곰곰이 생각해보면
분하고 용서되지 않는 것들이 많다.
그래서 그냥 단절을 원하기도 하고

이불킥을 하기도 한다.

혼자 있을 땐

다른 사람의 마음 속을

전부 아는 것처럼

착각에 빠질 때가 있다.

하지만 내가 할 수 있는 일이

아니라고 포기하는 경우가 많다.

하지만 대개 쓸모없는 생각들이 얽혀서

제대로 정리하지 못하는 것이다.

그러면 자연스럽게 마음의 문은 닫힌다.

하루를 정리하는 법은 간단하다.

홀로 생각을 정리할 때

부정적인 방향이 아닌

좋은 방향으로

마무리 짓는 것이다.

그러면 마음의 문은 닫히지 않는다.

그 사람이 말은 그렇게 했지만

그래도 나쁜 뜻은

아니었을 거야.

그렇게 생각하면

스스로 무엇이 잘못되었는지
혹은 부절한지 고쳐 나갈 수 있고
그 사람을 다시 만났을 때
마음의 문을 열고
내가 생각하는 바를 열심히 말해서
그 사람의 마음을 바꿀 수 있다.

스스로 보지 않는 것들

우리는 그 사람이 자기 이야기를
진솔하게 이야기해주지 않고도
친해지지 않고도
얼굴 한 번 보지 않고도
말 한 번 하지 않고도
그 사람에 관해서
전부 알고 싶어 한다.
그 사람의 좋은 점을 누리고 싶고
그 사람의 나쁜 점을 피하고 싶다.
부딪혀서 알게 되는 것에 대한
두려움 때문에
남의 말이나 소문에 의지하게 된다.
그저 말만 듣고 지나쳐가는 것들에 관해서
잘 알지 못하면서
다 아는 것처럼 지나쳐간다.
그것이 바로 어느 날 내가 놓친 것들이다.

인내심

그녀는 참 포근하고

좋은 사람이었다.

지금껏 살아오는 것이

녹록하지 않았지만

많은 위기들을

참고 견뎌왔다.

그래서 여유롭게 웃을 수 있고

다른 사람들을

따뜻하게 맞이할 수 있었다.

나는 그녀가 편하고 좋다.

반면 대하기가 참 어려운

사람들이 있다.

말에 가시가 돋치고

자기 잘못을 모르고

상대방을 전혀

배려하지 않는 사람

그런 사람들은

자신의 삶에 주어진

고통을

대개 참지 않는 사람이다.

누군가를 따뜻하게

대할 수 있고

자신의 삶을 이끌어가는

원동력은 바로

주어진 삶을 견디는

인내심에 있다.

좋은 이별

좋게 헤어지려면

사랑한다고 말하고 싶을 때

참아야 하고

미워서 뱉는 말을

아껴야 하고

놓고 싶지 않을 때

놓아야 한다.

신뢰

신뢰는 조금만 가지면
믿지 말아야 할 것까지
깜빡 속아 넘어가고
신뢰를 조금도 가지지 못한다면
충분히 안심해도 될 것까지도
의심하게 된다.
누군가를 좋아하면서 의심하는 것과
누군가를 싫어하면서
믿어주는 것은 어렵다.
완전히 믿을 것도
완전히 믿지 못할 것도 없다.
믿음이 계속 된다면
어느 순간 스스로 멈춰야 하고
믿음이 전혀 생기지 않는다면
조금씩 믿어주어야 할 것이다.

누군가를 미워한다는 것

누군가를 미워한다는 것은
내가 기분이 나빠서
상처받았기 때문이 아니다.
그 사람이
잘못을 했기 때문에
미워하는 것이다.
그러니 내 감정을 모두 비우고
내가 기대했던 것도 모두 잊고
그 사람의 잘못에 관해서만
곰곰이 생각하면
의외로 그것은 작고
사소한 것일수도 있다.
충분히 넘어갈 수 있는 것이기도 하다.
생각할수록 부풀려지는 감정에 휘둘리지 말고
누군가를 미워할 때는 그 사람의
잘못에만 집중하면 된다.

뒷바라지

어떤 이들은 현재는 평범하지만

속으로 미래에 대한 야망이 있어서

사랑하는 사람에게 뒷바라지를 요구한다.

누군가를 사랑하는 일이

그 사람에게 사랑받는 것이 되지 못하고

그 사람이 자신의 꿈을 향해 나아갈 수 있도록

조력한다는 것은

어쩌면 그것은 사랑이 아닐지도 모른다.

대개 열심히 뒷바라지를 해서

그 사람을 성공시키면

그 사람이 두고두고 감사해하기 보다는

성공의 반열에 어울리는 새로운 사람을 찾게 되어 있다.

뒤에서 조력한 이들은 나름

그가 성공했을 때 받을 보상을 기대하지만

좀처럼 이루어지지 않는다.

뒷바라지는 절대 사랑이 아니다.
누군가의 뒷바라지가 필요한 사람에게는
당장 곁에서 조력하기보다
조금 멀리서 그가 자신을 꿈을 향해서
홀로 올라올 수 있도록
기다려주는 것이 사랑이다.

그의 곁에서 스스로의 삶을 위해
노력하며 살아가는 것이
배신에 스스로를 지키는 법이다.
그가 스스로 성공해서
그때도 나를 선택해준다면
그건 나의 생각이 빗나가지 않은
진정 사랑일 것이다.

허례허식

허례허식을 즐기는 이들이 있다.

겉으로 화려해보이고

타인의 시선을 즐기는 것 같아도

으리으리한 결혼식에는 사랑이 없어서

겉만 번지르르한 것이고

남에게 과시하려고 자기자신을 포장하는 사람은

진짜 자기 자신이 없기 때문이다.

허례허식을 버리고 나면

그 누구에게도 보여주지 않아도 될

행복이 있다.

어떤 때라도 내 곁에 있어줄 사람

스스로를 소중히 여기고

있는 그대로의 나를 받아들이는 것은

사소하지만 결코 쉽지 않은 일이다.

타인의 시선과 부러움을 필요로 하는 건

사랑과 행복의 부재로 인한 허기다.

일하는 모습이 좋다

열심히 일하는 사람의 모습이

보기 좋다.

만나면 아파트 시세가 얼마네

땅이 몇 평이네

차를 어떻게 바꿨네

이런 말을 하는 사람보다

묵묵히

열심히 자기 일을 하는 사람의 모습이

보기가 좋다.

남을 부러워하고

기죽기 싫어 하는 거짓말은

함께 있으면서도 외로움을 부른다.

때로 한때는

나는 내가 일하는 모습을

부끄럽게 생각한 적이 있다.

반면 돈을 쓸 때는

위풍당당해지기도 한다.

어쩌면 우리는 주변에 일하는 사람을
낮은 눈으로 보고 있을 지도 모른다.

하지만 진짜 아름다운 건
일하는 사람의 모습이다.

열심히 일하는 사람은
어떤 고통이 와도
묵묵히 일어나지만
허세에 가득한 사람은
인생의 위기에서
용감하게 일어서지 못한다.

선택

어떤 선택의 기로에 서면

당장 이익이 되는 것보다

자신의 소임을 다할 수 있는 길을

선택하는 것이 좋다.

아무리 노력해도

결과를 얻지 못할 때가 있다.

그것은 처음에

선택을 잘못했기 때문이다.

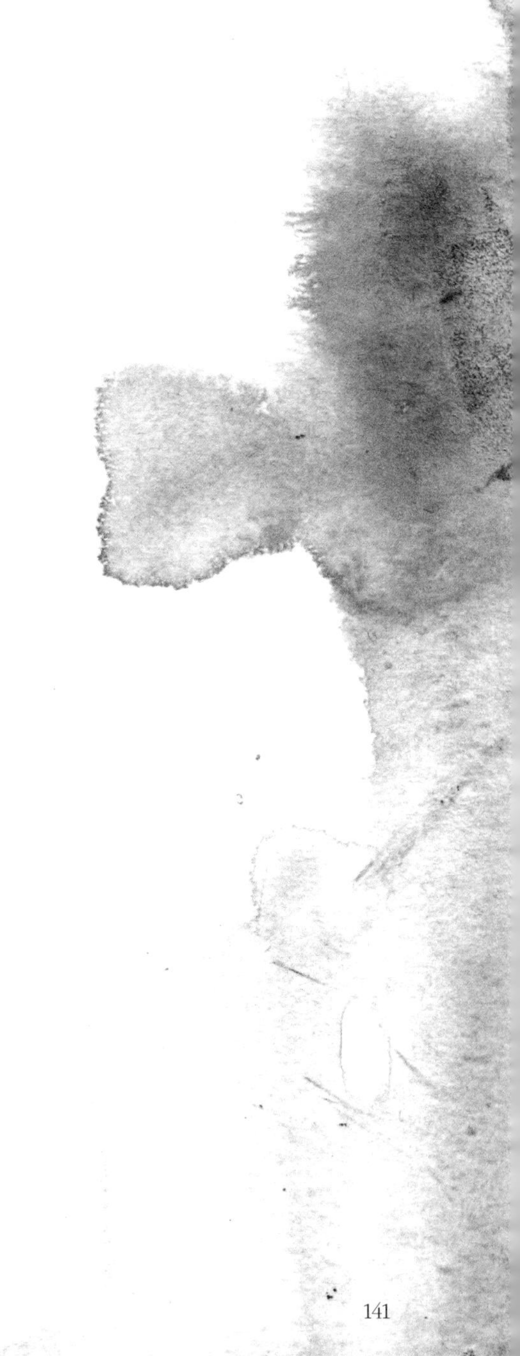

나만 바라보던 사람

나만 사랑한다고
오직 나뿐이라고
나만 바라보는 사람을 보면
고맙고 행복하기는 커녕
그 사람이 참 한심하고
쓸모없는 것처럼 느껴지기도 한다.
그래서 그 사람에게 함부로 하고
상처를 주고도
좀처럼 미안한 줄 모른다.
하지만 그 사람이
마음을 고쳐먹고 떠나서
자기만의 행복을 찾으면
그제야 섭섭하고 후회가 된다.
어떻게 잡아보려고 해도
이미 그 사람은

그 사람과

나의 사이에 이어진

다리란 다리는 모두 끊고

떠나갔을 것이다.

사랑에 빠지면

콩깍지가 씌어서

다른 사람의 말이

귀에 안 들어오고

남들은 다 보지 못하는 것을

보지 못하는

요술에 걸리듯

상대방이 나를 너무 좋아하고

나 없으면

죽을 것 같이 굴면

이상하게 정나미가 뚝 떨어지는

요술에 걸린다.

붙잡을 때 못 이긴 척

따라가도 좋으련만

이상하게 끝을 모르고

냉정해지기도 한다.

원래 울고 불고 하는 사람들이

싹 잊고 잘 산다.

집중적으로 퍼붓는

사랑을 받다가

어느 날 그것이 끝나서야

오는 무서운 깨달음이 있다.

나 아니면 죽을 것 같은

사람일수록

오히려 내가 없이도

잘 살 거라는 것.

그 사람이 나만 바라볼 때는

그것을 절대로 모른다.

탓

어떤 일이

잘 안 되면

내 탓을 하기 보디

남 탓을 하기 쉽다.

나를 탓하든

남을 탓하든

사실 바뀌는 것은 없다.

다만 남탓을 할 때는

적어도 아무것도 포기할 수 없을 때이고

나를 탓한다는 것은

모든 것을 내려놓는 것을 의미한다.

거울

넌 나보다 못생겼고

집안도 별로고

머리도 나쁘고

성격도 그저 그렇고

그런데 왜 기가 안 죽는 거야?

대놓고 말하는 너.

나는 너의 거울이 아니란다.

가끔 사람들은

집에 거울을 놔두고

옆에 사람을 거울로 쓴다.

싸우지 말아야 하는 이유

시비 걸러 왔니?

우리 싸우지 말자.

그냥 마음에 안 드는 거 있어도

그냥 넘어가고 싸우지 말자.

서로를 미워하면

너랑 나랑은 형편없어 지는 거고

서로를 아끼고 위해주면

우리 둘 다 가치 있어지는 거야.

*

이러지 맙시다

하루 중 아는 사람보다

모르는 사람에게 더 많이 노출된다.

함부로 어깨를 부딪치지 말자.

훈계하지 말자.

"왜 침 뱉어?"

눈이 마주치면 가볍게 미소 지으며 인사하자.

"안녕하세요."

행색을 따지지 말고 존중해주자.

"먼저 가세요."

어쩌면 모르는 사람에게 인색할 수 있다.

지나치면 곧 잊어버리는 걸

나보다 높은 사람을 존중하기는 쉽지만

나와 같은 사람, 나보다 낮은 것처럼 보이는 사람에게는

나도 모르게 무시할 수 있다.

자존감이 높다면

아무나 존중해줄 수 있다.

제대로 사랑하는 법

너를 더 예뻐하기 위해서

옆에 있는 사람을 구박하고

너를 더 칭찬하기 위해서

옆에 있는 사람을

초라하게 만드는 건

너를 더 많이 사랑하는 방법이 될 수 없어.

너는 점점 자만하게 되고

경쟁력은 떨어지게 되거든.

제대로 된 사랑은 누구에게도 고통을 주지 않아.

진짜 사랑은 모든 사람을 감동시킨다.

성공의 진짜 이름

노력해서

원하는 것을 얻는 것을

성공이라고 생각하기 쉽지만

그것은 대부분에 자만에 지나지 않는다.

진짜 성공이란

인생의 위기가 왔을 때

강한 멘탈로 이겨내는 것이다.

성공은 자만할 수 없다.

더 많이 이해하고 포용할 수 있다.

조심

속상해서 말이 툭 튀어나오려고 할 땐 말이야.

누군가 녹음을 하고 있다고 생각해봐.

그럼 똑같은 말이라도 조심하게 돼.

상대방이 충분히 화낼 법한 이야기도

내 말이 먼저 달라지면

상대방도 달라지게 돼.

상대방이 이해 안 되는 것도

조심하지 않은 나에서부터 시작되지.

녹음기를 켜지 않으면

상대방은 상처받았다며 내가 했던 말을 늘어놓아도

나는 그런 적 없다고 말하기 쉽지.

기억하지 못하기도 하고.

도와주기

누군가가 어려워 보이면

선뜻 도와주게 된다.

"응, 고마워."

이렇게 끝나면 좋은데

그 사람은 또 어려워지면

혼자 하려고 하지 않고

또 도와달라고 말한다.

하지만 그렇게 도와주다 보면 지치게 된다.

"다 너 때문이야."

도와주다가 도와주지 않으면

도와줬는데 도움이 되지 않으면

이런 말을 듣는다.

도움을 원하는 이가 진짜로 필요한 사람은

원망할 사람일 뿐.

사랑이란

사랑을 너무 조금만 주면
사랑 같지 않고,
사랑을 넘치게 주면
상처받게 된다.
사랑은
잔이 넘치기 전에
끝내는 것.

사람에게
잠이 주어진 이유

사람은 왜 잠을 잘까?

잠 안 자고 공부하면

더 잘할 수 있을 텐데

잠 안 자고 일해 봐.

부자가 될 걸?

자는 시간이 너무 아깝다.

생이 절반이 자다가 끝날껄?

자는 이유를 알겠다.

자는 동안은 아무 생각 안할 수 있다.

자고 나면 많이 잊어버릴 수 있다.

기억나지도 않게

빨리 지나가는

완벽한 시간.

행복

그때는 몰랐는데 한참 시간이 지나고 나서
그때가 좋았다고 여겨지는 때가 있다.
희망과 가능성이 많아도
미래를 예측할 수 없다면 어떻게 될 지 몰라
행복해질 수 없다.
불안해.
힘들어.
하지만 별반 기대하는 바가 없어도
미래가 어느 정도 눈에 보인다면
사람은 충분히 행복해질 수 있다.

행복이란 뭐든 잘될 거라는
긍정에서 시작한다.

사랑과 상처 사이

나에게 중요하고 가까운 사람이

내게 사랑을 주고

상처를 준다면

나는 그 사랑에 집중해야 할까?

상처에 집중해야 할까?

그 사람이 아니면

나는 아무것도 아닐 만큼 내가 나약한 존재였다면

사랑에 집중하면 사랑이 더 커지고

상처에 집중하면 상처가 더 커진다.

내 마음 가까워지면 사랑받는 것이다.

내 마음 멀어지면 상처받는 것이다.

배신하지
말아야 할 사람

가슴 떨리게 사랑했던 사람은

배신할 수 있어도

나를 키워준 사람은 배신하면 안 된다.

비록 그가 나에게 상처를 줬다고 할 지라도.

살만해져서 그를 떠나

더 좋은 사람을 만날 수 있을 것 같아도

덕만 보려는 이들에게

사랑이라는 이름으로 또다시 상처받을 뿐.

누구나 마음만 먹으면 단점만 볼 수 있다.

인생의 하향곡선은 고마움을 잊은 순간부터다.

낭떠러지

그쪽으로 가면 낭떠러지인데

아무리 이야기해도 듣지 않고 고집 부리는 이가 있다.

말리다가도 그만 짜증이 나면

스스로 떨어져서 후회해 봐야 정신차리지,

생각하게 된다.

스스로 깨닫고 늦게 나마

내 가치를 다시 생각해준다는 데서 만족감을 얻곤 했다.

그 사람 말이 맞았어.

그래서 고집 부리는 이에게는

스스로 깨지고 깨닫는 시간이 필요하다고 생각했다.

하지만 요즘은 틀렸다는 생각이 든다.

낭떠러지인 줄 알고 있다면 무조건 필사적으로 말려야 한다.

내 곁의 사람을 지키는 일도

어쩌면 나의 행복과 관련된 일이란 것을.

한번쯤 네가 나를 네 인생에 소중한 사람이었다고 생각했다면

내 이야기를 들어줄 수도 있었을 거야.

설명

똑같은 상황이라도

누군가는 원수가 되고

누군가는 서로를 포용한다.

남에게 상처를 주고 미움을 받는 사람은

성격이 나빠서라기보다는

설명을 잘하지 못하기 때문이다.

어떤 상황에라도

마음을 풀어준다면

해결은 된다.

어쩌면 중요한 것은 설명의 내용보다

설명하려는 노력에 있다.

사랑

잘해줄수록 점점 제멋대로 굴게 되는 사랑이 있고

잘해줄수록 모든 것을 주는 사랑이 있다.

진짜 사랑이란 시간이 지나봐야 아는 것.

진짜 사랑이란 상처받고 나서야 깨닫는 것.

그 사람의 선택

마음이 돌아선 사람에게는
아무리 잘해줘도
소용이 없다. 그 사람이 나를 싫어할수록
나의 잘못도 갑자기 많아진다.
그러니 후회 하는 사람도
측은하게 생각하거나
마음이 흔들릴 필요가 없다.
그 사람의 선택은 나 때문이 아니라
그 사람의 마음대로 흘러간다.
내가 옳았던 것이 아니라
그 사람이 틀렸던 것이다.

착각

누군가를 위하는 일이

너에게 꼭 필요한 사람에게 상처를 주고

그 사람과 멀어지게 하는 것이라면

지금 당장 너는 의리를 위해

네가 옳았다고 생각할지 몰라도

시간이 지나면 너는 불행해질 것이다.

너를 진정으로 사랑한다면

함부로 네가 행복해지는데 훼방 놓지 않을 것이다.

빼앗겼다고 생각되는 것을

되찾아와 봤자

결국은 짐만 된다.

문제

누구나 실수를 하고
늘 문제에 닥치고
생각했던 대로 일이 돌아가지 않는다.
그럴 때마다 다른 사람에게 탓을 돌리지 말고
조금 손해보고 고생스러웠지만 별일 아니라고 생각하면
그 문제는 내 인생에 크게 부딪히지 않고 지나간다.

힘들고 답답했던 일도 웃으며
말할 수 있는 인생의 작은 에피소드로 만들어야 한다.

아무것도 아닌 것이
내 삶에 영향을 미치지 못하도록 해야 한다.

연애

이젠 싫어졌어.

갑자기 설레다가 갑자기 식는 사랑은

상대로부터 원망을 부르지만

그것은 진짜 사랑이 아니다.

그 사람이 보고 싶어 울기 보다

앞으로 부딪혀야 하는 것이 불편하고

주변 이들이 알고 있다는 것이 부담스러울 뿐.

연애가 시작되면

이제 내 마음이 바뀌지 않는 것이 관건이다.

그러기 위해서는

그를 오랫동안 혼자 바라보고 좋아했던

시간들이 필요하다.

속물

나를 얕보는 사람에게는

아무리 잘해줘도

소용이 없다.

깔보는 그가 우선 잘못인 듯 하지만

그가 그런 이유는

그는 나를 속물이라고 생각하기 때문이다.

내가 그에게 뭔가 바라는 것이 있었으므로.

남에게 바라는 것은 이루어지지 않는다.

마음을 움직이는 것은 감동 뿐.

험담

속이 상할 때
수다를 떨면 조금 풀린다.
하지만 험담을 자주 하면
스스로 말 안했다면 넘어갈 것도
사람을 미워하게 된다.
별 잘못이 없는 사람도
험담을 많이 들으면
나쁜 사람이 된다.

험담이 흉을 만든다.

속상할 때는 기분 풀고
잊어버리는 게 최고다.

마음의 약한 쪽

상대방이 무심할 때는 마음이 가다가
상대방이 넘어오면 마음이 식고

냉정한 사람에게는 약하면서
잘해주는 이에게 기어오른다면

가까이 할만한 사람이 못 된다.

친해질수록 좋은 사람
잘해줄수록 감사한 사람이 좋다.

처음 상대방에게
상처준 것 같지만
나중에 지치는 건 자기 자신이다.

좋은 사람

내 생각을 진솔하게 말하고 나서
지금 당장 타인에게 인정받지 못하고
나중에 그가 내가 좋은 사람이었다고 깨닫는 것
열심히 일하지만
지금 당장 인정받지 못하고
그가 다른 사람을 겪어보고 나서
내가 괜찮았다고 판단되는 것
그건 별로 좋은 일이 아니다.
나중에 인정받는다는 건
그건 그 사람의 후회일 뿐.

스트레스

사람에게 받는 스트레스는 크다.

나도 좀 살만해져 봐. 그만둔다!

집에서도 스트레스 받고
나가서도 스트레스 받고
다 멀리하고
자유가 되면
이상하게 외롭다.

너는 나를 힘들게 하지만
나는 네가 필요하다.

리즈 시절

옛날을 돌이켜보면

일이 잘 풀리고 승승장구했던 순간보다

주변 사람들과 즐겁게 어울리며 행복했던 시간이

가장 소중하고 돌아가고 싶은 시절 같다.

목표에 떨어졌을 그때는 너무 힘들었지만

지나고 나니 안 가길 잘했다고 생각되는 순간이 있다.

목표를 이룬다는 건

그때 잠시 뭔가가 내 뜻대로 되었다는 것에 불과할 뿐.

뜻대로 되면 더 이상

선택할 것이 없지만

뜻대로 되지 않으면

멈출 것인지

다시 해볼 것인지

선택할 수 있다.

오류

어떤 이들은 비정한 행동을 하고
똑똑하게 처신했다고 생각하고
어떤 이들은 필요한 것만 하고
효율적이라고 생각한다.
그래서 그는 믿었던 것에 배신당하고
원하는 결과를 갖지 못한다.
그리고 무엇이 잘못되었는지 모른다.
눈 앞에 당장 보이는 것들이
인생을 속인다.

구멍

함부로 나온 말
잘난 척은
모두 인생의 구멍이 된다.

아무리 열심히
인생을 꽉꽉 채워 넣어도
다시 새어나가게 된다.

마음에 반창고를 붙이는 것은
잠깐이면 된다.

사랑

사랑이란

내가 가지지 못한 것을 가진 사람에게

마음이 가는 것이 아니라

보고 싶고

잘해주고 싶고

언제나 더 좋은 것을 주고 싶은 것이다.

사랑이란 계산을 하면

언제나 답은 0

돈

이 세상에서
돈이 최고라고 생각하는 것은
나도 모르게
사랑에 실망하고
열정이 식고
실망하고
상처받았기 때문이다.
돈이 최고라고 생각해도
돈보다 중요한 것이 있다고
생각해도

사실 벌이는 비슷하다.

인연

몹시 사랑했던 그가
헤어질 때는 이렇게 말했다.
우린 인연이 아니야.
어떻게든 붙잡아야 했던 이가
떠날 때 나는 몹시 힘들었다.
그러자 그의 친구가 말했다.
"너희들은 아마도 인연이 아니었나 보지."
누구보다도 가까웠고
오랜 시간 함께 했으며
서로에게 소중한 사람이었지만
어떤 문제로 인해
멀어지게 되어
그때는 서로가 인연이 아니라고 한다면
그러면 세상이 인연이란 과연 어떤 것일까.

마음 속에 들어가기

나에게 상처를 주고

힘들게 한 사람이 있다면

그 사람을 미워하는 것으로는 답이 나오지 않는다.

그럴 땐 그 사람의 마음속에 들어가서

그 사람이 생각하는 것

그 사람이 원하는 것을 깊게 사색하면

그가 내게 그다지 중요하지 않은 사람이라는 것을

깨달을 수 있다.

그 사람의 생각을 읽지 못해

당신은 머릿속에

그 사람을 남겨둔 것이다.

정

친절하게 대해주고

내가 가진 것 아깝지 않게

나누어 주었지만

정작 그는 내 마음 같지 않을 때가 있다.

상처 안 받으려면

정 주지 말아야겠다고

생각하게 된다.

하지만 다시 생각해보면

정이란 그렇게 쉽게 줄 수 있는 것이 아니다.

내가 편하자고

함부로 준 정이

돌아서면 미움이 된다.

곁에 남는 법

나와 가장 가까운 사람이
언제나 내 편이 되어주고
나를 가장 위해주고
나 없이 못 살아야 한다고
생각해서는 안 된다.
그는 때로 나를 외면할 수도 있고
나 없이도 잘 살 수 있어야 한다.
그래야 내가
계속 마음 편히
그의 옆에 있을 수 있다.

마음의 문

지금 당장 마음이 언짢아서
아무 말도 하기 싫고 듣기도 싫고
그냥 혼자이고 싶어서
마음의 문을 닫으면
지금은 내게 의미 없지만
나중에 내가 필요로 하게 될 사람이
나에게 다가오지 못하게 된다.
차갑게 돌아서고 싶을 때도
마음 한 켠을 열어둬야 한다.

사랑한다

누군가를 좋아하는 마음이 생겨서
그저 혼자 바라보기보다
굳이 내 마음을 알리고 싶은 것은
내가 그 사람에게 어떤 의미가 되고 싶어서다.
때로 내가 그 사람에게 어떤 의미가 되지 못한다는 것을 깨달으면
스스로 마음을 접기도 한다.
하지만 이제는 그 사람이 알든 모르든
그저 말없이 바라보고 좋아하는 것이 편하다.

시간 지나면
의미만 남고 사랑은 증발한다.
진짜 사랑에는 약속도
서로에 대한 정의도 필요없다.

좋은 미래

아무리 고민하고
이기적으로 생각해도
미래를 볼 수는 없다.
좋은 미래와 만나는 방법은 단순하다.
지금 하고 있는 일에 최선을 다할 것
흔들리거나 비정해지지 말 것
소탈해지고 감사할 것
필요없는 것보다
필요한 것에 관심을 가질 것.

진짜가 아닌 것

충고는 듣기 싫어도
내가 원하는 것을
정확히 파악해
말하는 사람에게는
흔들리기 쉽다.
하지만 대부분 그들은
남의 신뢰를 이용하고 자기 입장밖에 모른다.
마음을 전부 스캔당했다면
그것이 정말 내가 원하는 것이 맞는지
스스로 생각해볼 일이다.
쉽게 들키는 것은
진짜 내 것이 아니다.

행복

타인을 대할 때는

내 마음대로 그 사람을 움직이려고 하지 말고

그 사람의 행복을 구심점으로 대해주는 것이 좋다.

얼핏 그 사람에게 다 이끌려가는 것처럼 보이지만

그 사람의 행복을 가장 우선시한다는 것은

그 사람에게 이용당하지 않는다는 것을 의미하며

그 사람이 잘못된 것이 있으면

스스로 틀렸다는 것을 깨닫도록 하는 것이다.

그의 행복을 바란다는 것은

그가 나를 믿게 하는 것이다.

그 사람의 덫에 빠지지 않으면

그 사람은 나를 달리 볼 것이다.

안정

안정된다는 것은

그 사람의 마음이 변하지 않기 때문이 아니라

내 마음이 더 이상 변하지 않아도 되기 때문이다.

안정되기 위해서 누군가를 억지로 잡아놓지 않아도 된다.

누군가의 뒷모습을 보고도 차분할 수 있다면

내가 생각하고 싶은 대로 생각하는 것이 아니라

상대방의 마음을 정확히 읽어낼 수 있다면

충분히 나는 안정될 수 있다.

괜찮은 척

다른 사람들은 다 잘 사는 것 같은데

나만 힘든 것 같고

다른 이들은 문제에 부딪혀도 잘 해결하는 것 같은데

나 혼자만 어려워하는 것 같아도

알고 보면 사람들의 마음은 거의 다 비슷하고

다만 내색하지 않는 것뿐이다.

지금 가지고 있는 것을 잃지 않기 위해서.

이름과 얼굴만 지우면

어쩌면 우리는

비슷한 말투로

비슷한 생각을

가감없이 말할 수 있다.

괜찮은 척하면 힘들었던 순간은 지나가고

정말 다 괜찮아진다.

내리막길

남한테 상처주는 사람은

별 볼 일 없다.

스스로 승승장구라고 생각하기 쉽지만

그 사람들은 지금 어느 위치에 있든

앞으로 계속 내려갈 일 밖에 없다.

남을 배려해주고 생각해주는 사람은

앞으로도 잘 풀린다.

그것이

돌아보지 말아야 하는 이유

손을 놓지 말아야 하는 이유다.

정답게

많이 웃어주고 생각해서 말해주고

마음을 담아 대해주었지만

결국 마지막에는

상처받았다면 앞으로는 조심하게 된다.

이제부터는 사람을 만날 때는

너무 정주지 말자고.

하지만 그것은 더 어렵다.

함께 있는 것이 고역이고

어쩌다 눈을 마주치는 것 조차 불편하다.

언젠가 물어지고 나서

서운하고 안타깝고 슬퍼야 정이다.

내가 정을 줄 때

타인은 내가 노력한다고 생각한다.

정주지 않는 것보다는

돌아서면 훌훌 털어버리는 것이 쉽다.

첫 인상

첫 인상은 중요하다.

처음에 약해보이거나 기죽으면

앞으로 힘들어진다.

그래서 서로 불편하지만, 허세를 부린다.

강한 척, 잘 나가는 척 하다 보면 왜 만나는지 회의감도 든다.

처음 만난 자리에서 가장 먼저 내놓는 허세,

사실은 그 사람이 가장 힘들고 어려워하는 것이다.

정말 친해지면

그 사람이 가장 연약한 부분과 만나게 되고

그것은 대부분

그 사람을 처음 만났을 때부터 접촉하는 것이다.

설렘

예전에는 처음 본 사람이라도

그가 멋지면 설레었는데

이제는 오래 전 만났던 사람을 우연히 만나면 설렌다.

그가 부르면 만사 제치고 찾아갔던 옛 연인과

나 필요할 때만 찾기도 했던 옛 단짝 친구 중에서

이제 다시 만날 수 있다면 다시 잘되고 싶은 이는

옛 친구다.

오래 알고 믿음이 가는 사람에게

느끼는 감정,

그것이 진짜 설렘이다.

초짜

초짜란

서툴거나 일을 못하는 이를 이르는 것이 아니다.

누구보다 빼어난 실력을 가졌다고 해도

어려움이 닥치면 잘 해결하지 못하고

상처 받고 피하고 포기하는 이가 초짜다.

능숙하다는 것은

아무렇지도 않게 넘어갈 수 있는 것이다.

사랑하는 사람

내가 가장 사랑하는 사람에게

꼭 하지 말아야 할 것은

언젠가

내게 큰 상처를 줬던 사람이

한 행동을

절대로 그에게 해서는 안 되는 것이다.

마음을 그렇게 치유하지 말아야 한다.

나를 용서해줄 것 같은 이에게

실수하지 말자.

충고

지금 당장 뱉고 싶은

솔직한 돌직구를

충고라고 생각하기 쉽지만

다른 사람이 듣고

상처받는 말은

충고가 될 수 없다.

타인을 움직일 수 있는 말이 자신도 움직일 수 있다.

나 자신을 위한 충고를

남에게 상처주면서

하지 말자.

덫

뭔가를 바라고

그 사람에게 잘해주면

좀처럼 내가 원하는 것은 이루어지지 않는다.

그 사람은 내가 원하는 것을 입에 올리며

해줄듯 말듯

그저 더 갈증나게만 한다.

그리고 나를 힘들게 하고도 미안해하지 않는다.

덫에 걸린 채로

하는 노력은

대개 물거품이 된다.

바라지 않는 것,

그것이 가장 중요하다.

믿음

내가 믿음이 가고
확신을 갖게 만드는 사람은
나를 속이고
믿음직하지 않고
어쩌면 귀에 거슬리고
마음에 안 드는 사람은
정말 나를 위한 말을 해준다.

화려한 거짓말,
그리고 남루한 정직함.

멀어지는 순간

처음 만난 사람끼리는
누구나 반갑게 인사한다.
그리고 조금씩 가까워지면
그 사람의 속을 알게 된다.
적당히 보여주는 속에는
친밀감이 느껴지지만
그 속에 있는 이기심, 욕심을 보면 멀어진다.
그것이 단순히 싫기 때문이 아니라
그것이 대하기 어렵기 때문이다.
누구나 가지고 있는 그 사람만의
심화문제를 억지로 풀려고
하지 않아도 된다.
모르는척, 빈칸으로 남겨두어도
그것은 오답이 되지 않는다.

마음을 모두 정해두지 말 것

이미 마음을 다 정해놓고

말하는 이가 있다.

내가 무슨 말을 하든

그는 흔들리지 않는다.

마치 자기 자신과의 약속을 지키듯이.

아무리 노력해도 같은 실수를 반복하고

초라한 결과를 맞이했을 때

뭐가 문제인지 생각해봤다.

언제나 나는 미리 마음을 모두 정해두고 있었다.

붙잡으니까 매정하게 돌아설 수 있는 것이다.

모든 것은 조금이라도 변할 수 있는

가능성을 열어두어야 한다.

너를 사랑하는 것

내가 너를 사랑하는 것이
다른 사람을 불편하게 하고
힘들게 하고
그로 인해 상처받는 사람을
오히려 원망하고 있다면
너를 사랑하는 것 자체가
내게도 실은 짐이 될 수 있어.
사랑이란 모두를 감동시키는 거야.
지치지 않는 거야.
그리고 모두가 행복해지는 거야.
나를 사랑하는 척하는
사람에게는 속기 쉬워도
진짜 나를 사랑하는 사람은
잘 알아보지 못해.

Honesty is the
best policy
Easy come
easy go.
BOLS
BOLS
BOLS

Mint

이기심

나와 맞지 않는 사람을

억지로 바꾸려고 하는 것은

그 사람을

위해서가 아니라

단지 그가 만만하기 때문이다.

내가 영원히 곁을 지키는 것도 아닌데

그가 나의 입장에 서서 나와

같이 생각하라는 것은

그저 이기심일 뿐이다.

누구나 원래의 자기 자신으로

돌아갈 시간이 온다.

험담

네가 너와 마음 맞는

사람과 모여

누군가를 험담한다고 해서

너보다 약해보이는 사람을 무시한다고 해서

네가 행복해지는 것은 아니야.

네 삶이 나아지는 것도 아니야.

조금이라도 원하는 대로 살고 싶다면

그건 지금 네가 하기 싫은 노력을 하는 거야.

스스로 노력해야겠다고 깨달았을 땐

이미 늦었을 때가 많지.

그렇다고 해서 노력하는 것보다

험담이 쉬워서는 안돼.

내버려두기

내 마음에 안 들고
왠지 거슬리는 사람이 있다면
공연히 그 사람을
괴롭혀도
그 사람이 내 마음에 드는 일은 거의 없다.
그가 특별히 잘못하지 않는다면
나에게 별 피해를 주지 않는다면
그저 내버려두라.

그럴 때는 공연히 속으로 미워하지 말라.
그가 싫어하는 것들을 하지 말라.

한번 내버려두는 것이 어렵지
두 번, 세 번은 쉽다.

당신은 내가 살아갈 이유

초판 1쇄 발행 | 2016년 11월 21일

지은이 | 김지연
펴낸이 | 공상숙
펴낸곳 | 마음세상

캘리그라피, 사진 | 김지연

주 소 | 경기도 파주시 한빛로 70 507-204

신고번호 | 제406-2011-000024호
신고일자 | 2011년 3월 7일

ISBN | 979-11-5636-066-7 (03810)

문의 및 원고 투고 | maumsesang@naver.com
홈페이지 | http://maumsesang.blog.me
까페 | http://cafe.naver.com/msesang

* 값 13,200원

이 도서의 국립중앙도서관 출판예정도서목록(CIP)은 서지정보유통지원시스템 홈페이지(http://seoji.nl.go.kr)와 국가자료공동목록시스템(http://www.nl.go.kr/kolisnet)에서 이용하실 수 있습니다.
(CIP제어번호 : CIP2016025536)